幼兒全語文 階梯故事 系列

小猴子不高興

袁妙霞 著
野人 繪

園丁文化

小猴子只找到一隻襪子。

小猴子只找到一隻鞋子。

小猴子不高興了。

猴媽媽在廚房裏找到一隻襪子。

猴媽媽在廁所裏找到一隻鞋子。

猴媽媽也不高興了。

不過，小猴子現在很高興。

導讀活動

進行方法：

❶ 讀故事前，請伴讀者把故事先看一遍。
❷ 引導孩子觀察圖畫，透過提問和孩子本身的生活經驗，幫助孩子猜測故事的發展和結局。
❸ 利用重複句式的特點，引導孩子閱讀故事及猜測情節。如有需要，伴讀者可以給予協助。
❹ 最後，請孩子把故事從頭到尾讀一遍。

提問

封面

1. 小猴子穿好衣服準備外出。看看小猴子腳上所穿的，有什麼不妥當的地方？
2. 看看小猴子的表情，把書名讀一遍。

P2

1. 小猴子在找什麼？
2. 他在哪裏找襪子？他找到多少隻襪子呢？

P3

1. 小猴子在找什麼？
2. 他在哪裏找鞋子？他找到多少隻鞋子呢？

P4

1. 看看小猴子的腳，你猜他為什麼只穿一隻鞋子和一隻襪子？
2. 小猴子的表情告訴你什麼？你猜他為什麼不高興呢？

P5

1. 圖中是什麼地方？
2. 猴媽媽手拿着什麼？猴媽媽是在哪裏找到它的？

P6

1. 圖中是什麼地方？
2. 猴媽媽看到什麼？猴媽媽是在哪裏找到它的？

P7

1. 猴媽媽手拿着什麼？你猜這些東西是誰的？
2. 猴媽媽的表情告訴你什麼？你猜她為什麼不高興呢？

P8

1. 你猜對了嗎？
2. 看看小猴子，他剛才還很不高興，現在為什麼變得這麼高興呢？

說多一點點

知識點 成對的衣物

我們的身體有很多部分是成雙成對的，例如我們有一雙眼睛、一雙耳朵、一雙手、一雙腳，所以我們穿戴的衣物，也有很多是成雙成對的。

還有……

我們有一雙眼睛，所以我們戴的眼鏡有兩塊鏡片。

我們有一雙手，所以我們穿的衣服有兩隻衣袖。

我們有一雙腿，所以我們穿的褲子有兩條褲管。

養成好習慣 把衣物收拾好

想想看，一對鞋子不見了一隻，另一隻也不能穿了。所以成對的衣物，我們要放在一起，不要東放一隻，西放一隻啊！

字卡

玩法
❶ 把字卡全部排列出來，伴讀者讀出字詞，請孩子選出相應的字卡。
❷ 請孩子自行選出多張字卡，讀出字詞並口頭造句。

請沿虛線剪出字卡。

小猴子	找	一隻
一雙	襪子	鞋子
高興	媽媽	廚房
廁所	不過	現在

幼兒全語文階梯故事系列
第2級（初階篇）

《小猴子不高興》

幼兒全語文階梯故事系列
第2級（初階篇）
《小猴子不高興》
©園丁文化
幼兒全語文階梯故事系列
第2級（初階篇）
《小猴子不高興》
©園丁文化
幼兒全語文階梯故事系列
第2級（初階篇）
《小猴子不高興》
©園丁文化
幼兒全語文階梯故事系列
第2級（初階篇）
《小猴子不高興》
©園丁文化
幼兒全語文階梯故事系列
第2級（初階篇）
《小猴子不高興》
©園丁文化
幼兒全語文階梯故事系列
第2級（初階篇）
《小猴子不高興》
©園丁文化
幼兒全語文階梯故事系列
第2級（初階篇）
《小猴子不高興》
©園丁文化
幼兒全語文階梯故事系列
第2級（初階篇）
《小猴子不高興》
©園丁文化
幼兒全語文階梯故事系列
第2級（初階篇）
《小猴子不高興》
©園丁文化
幼兒全語文階梯故事系列
第2級（初階篇）
《小猴子不高興》
©園丁文化
幼兒全語文階梯故事系列
第2級（初階篇）
《小猴子不高興》
©園丁文化